INSTANTÁNEAS DE FICCIÓN

Selección de microcuentos

Vol. 5

INSTANTÁNEAS

DE FICCIÓN

Selección de microcuentos

Vol. 5

María Cecilia de la Vega (comp.)

María Cecilia de la Vega
Instantáneas de ficción: selección de microcuentos, vol. 5 -1a
ed.- Córdoba: Susurros Chinos, 2024.
72 p.; 18 x 13 cm.

ISBN 978-631-00-3806-3

1. Microficción. 2. Microrrelatos. 3. Relatos Personales. I.
Título.
CDD A863

susurroschinos.com

Coordinación y edición:
María Cecilia de la Vega

Miembros del proyecto:

Sandra Botta
Juliana Cabanillas Revol
Emilia del Valle Contreras
Valentina Dagum
Nazarena Evangelista Lucchese
Mariana De Madariaga
Cecilia Belén García Checa
María Dolores González Ruzo
Sebastián Gutiérrez

Gimena Leaniz
Natalia Lembo
María Celeste Michelangeli
Beatriz Petersen
María Victoria Ruggieri
Milagros Sierra
Fernando Stagliano
Valentina Torres

Índice

Palabras preliminares

Instantáneas de ficción, volumen 5, es una compilación de diecisiete piezas de microficción escritas originalmente en inglés y traducidas al castellano por el grupo de traducción literaria Susurros Chinos durante 2023. Los relatos pertenecen a diez autoras y autores contemporáneos de distintos países y abordan temáticas universales que trascienden los límites de lo lingüístico y lo cultural. Son obras con las que nos identificamos por su carácter personal, que calan hondo en nuestras emociones y que dicen mucho más de lo que expresan con palabras.

Cada año en Susurros Chinos, trabajamos con una selección de microcuentos que se publicaron recientemente en revistas literarias digitales del mundo angloparlante. La elección de las obras está a mi cargo, como coordinadora del grupo desde sus orígenes en 2017. Sin embargo, el resto del proceso se realiza de manera colectiva.

Comenzamos con la lectura y análisis grupal de cada microcuento. En esta instancia, compartimos reflexiones en torno a las temáticas del texto y a las dificultades de traducción que puede presentar. Al ser un grupo numeroso y plural, en cuanto a la procedencia y recorrido de sus miembros, la recepción de los textos suele ser variada, lo que resulta muy provechoso, incluso revelador, al momento de compartir nuestras interpretaciones. Siempre surgen aspectos novedosos que tenemos la posibilidad de observar desde distintos ángulos.

Si bien cada integrante de Susurros Chinos realiza su propia traducción de las obras, las versiones finales se definen a partir de la puesta en común de todas las producciones y de la discusión de las distintas opciones. Cada quien va leyendo su traducción, y el grupo en su conjunto se decanta por una u otra alternativa, valora algunas opciones, descarta otras, hasta que de este trabajo colectivo y artesanal emerge, de modo sinérgico, la traducción consensuada de cada pieza.

Cuando todos los microcuentos están traducidos, y hemos obtenido la autorización para publicarlos por parte de las y los autores, comienza la etapa de la edición. Volvemos a revisar todas las traducciones, de manera grupal otra vez, con una mirada crítica que apunta a pulir cuestiones de forma, de normativa, de estilo. Esta segunda lectura suele llevarnos por caminos conocidos, y se reavivan muchas de las discusiones que ya tuvimos. Sin embargo, como los textos se renuevan con cada lectura, y el tiempo aporta lo suyo, nuestras traducciones se refrescan mucho en esta etapa de revisión final.

Por último, queda la instancia de maquetado y puesta en libro de nuestra labor, que corre por cuenta mía pero que está supervisada por todo el equipo. El proceso completo suele llevarnos un año calendario, con un encuentro virtual por semana durante nueve o diez meses.

Es importante señalar que en todo el proceso solo intervienen traductoras y traductores humanos. No hay intervención de programas de traducción automática (TA) o de inteligencia artificial (IA). Esto se debe a nuestra convicción de que la traducción es una actividad humana, que supone una sensibilidad y un conjunto de destrezas mentales particulares. Recurrir a las traducciones literales y estereotipadas producidas por la TA y la IA podría contaminar las percepciones y opacar la creatividad de los integrantes del equipo.

La decisión también tiene que ver con el tipo de texto con el que trabajamos. La microficción es un género que se caracteriza por su singularidad en el uso de la lengua. Por lo general, los relatos se materializan en lo que se denomina prosa poética, una tipología textual en la que se fusionan las características de la narrativa y de la poesía. Los usos figurados de la lengua, los efectos estéticos, las figuras retóricas son muy habituales en este tipo de obras. Estos elementos que les confieren densidad y textura a las piezas, que las dotan de aristas y matices particulares, solo pueden ser interpretados y trasladados en su dimensión plena por personas, porque muchas de las decisiones traductoras se sustentan en experiencias vitales, sentimientos y evocaciones. El hecho de que las traducciones se realicen de manera colectiva potencia aún más nuestra condición de seres únicos, insertos en una comunidad global que busca acercarse.

Año a año, ganamos experiencia y nos enamoramos cada vez más de la traducción.

Presentar esta quinta compilación de microcuentos ante la comunidad de habla hispana nos llena de ilusión y orgullo. Cada libro que producimos es inolvidable, y solo el talento y la generosidad de las y los autores que confiaron en Susurros Chinos lo hacen posible. Por eso, Jonathan Cardew, Tommy Dean, Beth Gordon, Suzanne Hicks, Yume Kitasei, Judith Lysaker, Amy Marques, Aaron Sandberg, Leanne Simmons y Tatyana Sundeyeva, les agradecemos de corazón por haberse sumado a nuestro proyecto.

María Cecilia de la Vega
Coord. Susurros Chinos

Caída de ballena

Yume Kitasei

La niña no puede ver las grietas en el hielo cuando empieza a caminar sobre el lago. Puede, sin embargo, escuchar como cruje bajo el silbido del viento que sopla a través de los pinos amenazantes y sentenciosos.

La niña da otro paso. Es audaz. Tiene trece. No le importa si las cosas se rompen.

—¡Te digo que vuelvas ya mismo! —El miedo hace que las palabras de su tía se amontonen como ovejas en el campo.

No hay peleas en el mundo que no se puedan arreglar corriendo directo al peligro. Eso piensa la niña ahora, cuando el hielo rechina debajo de sus zapatillas.

Separa un poco los pies y baja la mirada hacia la superficie oscura. Debajo, los peces sueñan profecías de un mundo cubierto por un gran océano ácido y de criaturas deformes y bioluminiscentes que viven en los vestíbulos sumergidos de los rascacielos. El lecho de ese océano destella con las escamas de generaciones de peces que llevan vidas breves y eufóricas y mueren y se descomponen para volver a ser nada.

El aire frío huele a metal, y la niña siente que tiene escarcha en los orificios nasales cuando respira. Salta una vez, para probar, y escucha el grito de su tía. Ya avanzó un cuarto de camino sobre el lago. Su tía no la seguirá hasta aquí.

Porque es una cobarde, piensa la niña.

Sus trece no han sido como esperaba: no aprendió chino mandarín por su cuenta ni cómo armar un equipo de radioaficionados; no escribió un libro; de hecho, no hizo *nada* más que mirar la primera temporada de varias series de televisión que fueron canceladas; su maestra preferida, la señorita Thomas, se va de la ciudad; le brotó acné por toda la frente como si fuera un campo minado; y no hay una sola cosa de ella que sea interesante.

Sabe que es una estupidez quejarse por todo eso. Sin embargo, hay un sentimiento de enojo en su interior, encendido como una llama piloto. Le ilumina los ojos desde el hueco de sus órbitas oscuras. La niña ama absolutamente todo lo que existe en el mundo, pero nada de todo eso la ama a ella.

Una parte suya sabe que si el hielo se quiebra, caerá.

Empieza a caminar otra vez, más despacio. Un paso, dos pasos, arrastra los pies.

Existe un mito que dice que si un niño o una niña cruza todo el lago caminando, le saldrán branquias y escamas, y se convertirá en un pez.

Esto no es algo que la niña haya oído, solo es algo que le parece que podría ser cierto.

Una vez la señorita Thomas le contó sobre la caída de una ballena. Ocurre cuando una ballena muere y su cuerpo cae hasta el fondo del océano, un hecho milagroso que puede asegurar la supervivencia de todo un ecosistema nuevo. Una niña humana no es una ballena, ni siquiera un pez. Y aun así.

La niña piensa en su cuerpo adolescente y en todas las cosas que podría hacer con él. Se toca la piel justo debajo de la mandíbula, en busca de pliegues y surcos que indicarían que está cambiando. Nada.

—Lo siento. Por favor, regresa —dice su tía, pero suena casi como si le estuviera diciendo que continúe.

Estoy feliz. Estoy triste. Soy egoísta. Soy resiliente. Soy depresiva. Me gustan los niños. Me gustan las niñas. No me gusta nadie. Amo tanto la vida que voy a estallar.

Prueba distintas ideas para descubrir qué es verdadero. Nada le parece cierto.

Resbala y cae con fuerza sobre las manos y las rodillas, el polvo ligero de la nieve le quema las palmas. El corazón le martillea en el pecho mientras nota que si se pone de pie otra vez, el hielo podría quebrarse, solo podría, y ahí la tienen, como una tonta, sola en medio de un lago tan profundo como para tragársela hasta la primavera.

Comienza a gatear y, mientras avanza centímetro a centímetro, las lágrimas le corren por las mejillas.

Cuando tenga tu edad, ¿seré el mundo?, quiere preguntarle a su tía.

Sigue avanzando a los arañazos y siente que las uñas se le desprenden. Tiene el cuello desnudo y frío por el corte de pelo que intentó hacerse frente al espejo del baño. Fue, admite ahora y solo para sí, un error tremendo. Pero igual, eso no significa que su tía tuviera razón.

Cuando llega a cruzar las tres cuartas partes del lago, su tía se queda en silencio, dando vueltas, esperando en la orilla, porque no hay nada que pueda hacer.

La niña se pone de pie y comienza a caminar, luego corre para cubrir el tramo final. El hielo se resquebraja bajo sus pies, y el agua helada se filtra a través de sus zapatillas y medias, pero ella ya se está riendo. Se siente optimista. Sus dedos se estiran con delicadas membranas y la piel se le cubre de escamas plateadas. Cuando el agua le tape la cabeza, cree que sabrá cómo respirar en las profundidades.

Traducción: Susurros Chinos

Del original *Whale Fall*, de Yume Kitasei, publicado por *Catapult* en diciembre de 2021.

Yume Kitasei, autora de las novelas *The Deep Sky* y *The Stardust Grail*, es mitad japonesa, mitad estadounidense y creció en un espacio entre ambas culturas —el mismo en el que residen sus historias—. Sus textos han aparecido en *New England Review*, *Catapult*, *SmokeLong Quarterly* y *Baltimore Review*, entre otras publicaciones.
Más información en yumekitasei.com.

Prendida a la curva de la Tierra

Tommy Dean

La arena se prende a su cuerpo, invadiendo los espacios entre las extremidades, aumentándole el latido del corazón en los oídos, al son del romper de las olas. Faith ya tiene edad suficiente como para preocuparse por la muerte, pero no tanta como para notar a los chicos que le miran las piernas largas y firmes. En mayo terminaron una lección sobre los antiguos egipcios. Momificación y sarcófagos, la creencia en el más allá. Su padre amontona arena, con cuidado para que no le entre en los ojos. Esculpe su cuerpo con líneas rectas, escondiendo la curva particular de su figura. Últimamente, Faith se ha estado preguntando si él se avergüenza de ella, como si la biología, de alguna manera, lo decepcionara. Ya no lo ayuda a despiojar los pollos y hace una mueca ante el olor del establo. Todavía se pone las botas y recolecta los huevos, pero los afiches en las paredes de su habitación son de cantantes pop, con ojos esfumados y seductores, los secretos que intercalan en las letras estimulan su espíritu y la hacen cantar a todo pulmón, con un deseo que penetra las paredes como un gas invisible, que despierta a su padre ante la angustia sobre el futuro de su hija, en algún lugar más allá de la granja.

Pero aquí él la tiene atrapada. Fue idea de ella, así que él está feliz de poder sujetarla, fusionarla con la Tierra, detener su órbita. Ella lo siente, el deseo de encerrarla como ganado, pero no sabe cómo llamarlo, así que pasan la semana en la playa, con su madre moviendo los dedos de los pies al sol, leyendo revistas sobre el final de los tiempos, su eje rotando y alejándose de ellos. Faith, un planeta menor entre sus padres. La fuerza de gravedad que los mantiene unidos.

Faith cuenta nubes que pasan rasgando el cielo y se pregunta cuánto tiempo más podrá quedarse en este capullo; cada segundo se siente como el ardor del agua caliente, el cuero cabelludo le pica, las piernas quieren ser libres para correr a lo largo de la playa y hacer que todos la miren bajo el sol, con la esperanza de que piensen en carrozas, en las riquezas que se encuentran donde la tierra se une con el mar.

Traducción: Susurros Chinos

Del original *Fastened to the Curve of the Earth*, de Tommy Dean, publicado por *Atlas and Alice* en mayo de 2023.

Tommy Dean es autor de dos libros de microficción y de una compilación de microrrelatos titulada *Hollows* (Alternating Current Press, 2022). Se desempeña como editor en *Fractured Lit* y *Uncharted Magazine*. Sus textos se pueden encontrar en *Best Microfiction* 2019, 2020 y 2023, *Best Small Fictions* 2019 y 2022, *Harpur Palate*, entre otras publicaciones.

Más información en tommydeanwriter.com y en Twitter (X): @TommyDeanWriter.

Nadando

Leanne Simmons

Era uno de esos días calurosos que no se olvidan: piel pegajosa y aire sofocante. Avanzábamos por el camino estrecho que lleva al mar, las ventanillas abiertas, ibas atrás, en tu sillita, con las piernas colgando. Por encima, las ramas de los árboles alineados a cada costado formaban un túnel de hojas. Sus sombras temblaban en el suelo, mientras destellos súbitos de luz parpadeaban a través de los huecos del seto. Color lima. Dorado.

Estacionamos debajo de un roble inmenso, tu mano extendida sobre la corteza a medida que lo rodeabas, sorteando las raíces delicadamente, y nosotros descargábamos las cosas del auto —la canasta de picnic, las reposeras—, con el olor tenue del mar en la garganta y en los ojos. Insistí con la tienda de playa que compramos en tus primeras vacaciones. Dije que me las arreglaría, al tiempo que me la echaba al hombro, ya con mucha carga y luchando por mantener el equilibrio. Sabía que eras demasiado grande para dormir la siesta.

Gritaste de emoción ante el azul ancho y profundo, levantaste arena al correr hacia un lugar en las dunas. Te sacaste las sandalias de goma con los pies, los dedos se te hundieron en la arena mientras te retorcías para quitarte la ropa, hasta quedar en ese traje de baño con estampado de tiburones que, con mucha determinación, habías decidido traer.

Pensé que tendrías miedo al llegar al borde del agua, cuando te enfrentaras cara a cara con su expresión más rotunda; pero te metiste de cuerpo entero ese día y empezaste a nadar. Tu felicidad plena, tus chapoteos salados, y yo, con el agua hasta las rodillas, admirando las chispas de luz que destellaban como fuegos artificiales diminutos en la superficie azul eléctrico del agua. Hacia un lado y hacia otro de la orilla, nadaste hasta que te alcé, chillabas, y te contuve con un abrazo fuerte, deseando que el mundo te contuviera así. Siempre.

A un mundo de distancia de mí, todavía recuerdo el peso perfecto de tu cuerpo, goteando agua de mar sobre la arena caliente cuando te cargaba de regreso a la playa. Espero que estés nadando a salvo en algún lugar, con el eco de aquel primer chapuzón intrépido resonando en la costa. Y me siento contenida.

Traducción: Susurros Chinos

Del original *Swimming*, de Leanne Simmons, publicado por *Flash Fiction North*.

Leanne Simmons es mamá a tiempo completo de tres varones adolescentes. Le gusta dar largos paseos, practicar yoga y escribir microficción. También es una gran aficionada a la jardinería y pasa todo el tiempo que puede en su jardín y huerto cuidando de las frutas y verduras. Leanne se licenció en Literatura Inglesa en los noventa y obtuvo un máster con honores en Escritura Creativa en 2023. Vive en Berkshire, Inglaterra, con su esposo, sus hijos y su gato.

Más información en Instagram: @leannesimmonswriting.

En la puerta de atrás

Leanne Simmons

Saca agua del grifo, escucha el murmullo a medida que aumenta la temperatura. Dos huevos cascabelean en el agua, dan ligeros golpeteos mientras llegan al hervor. Afuera, las sábanas que cuelgan de la soga flamean como fantasmas. Ella es requerida. Ya no para los picnics, o para ir a remar o a rodar por las laderas cubiertas de pasto. Por estos días, puede despertarse cerca del verano y escuchar los sonidos del cielo. El zumbido alrededor del hibisco. Puede percibir las briznas de pasto entre los dedos de los pies mientras el verano cae como una pluma, para posarse tan silencioso como lo hace la edad. Tan despacio. Tan imperceptible. Espera a que salte la tostadora. Sirve los huevos pasados por agua. Acomoda la bandeja y la sube haciendo crujir las escaleras.

El puntal oxidado marca el césped. Ahora, en la puerta de atrás, mientras bebe un café, recuerda las prendas diminutas, de un blanco leche, como los primeros dientes, que colgaban en la soga a lo largo del jardín. Desaparecían en el resplandor del sol. Ella, con las palmas extendidas sobre la curva de su vientre mientras los pequeños pasaban la zaranda en un arenero con forma de rana. Los deditos gordos apretaban la arena en moldes para formar estrellas y caballitos de mar. Cuando se agachaba para jugar, se asombraban de sus pies hinchados, y luego se alborotaban porque el abuelo, que venía a cortar el césped, les traía pastel de ángel. Cuando aún tenía fuerza y salud suficientes como para alzar a todos los nietos a la vez, mientras sus ojos azules chispeaban como la marea. Escaleras arriba, ella se asoma a la habitación adormecida. El té de la tarde que le sirvió, helado.

Las águilas reales silban y giran en la bruma del atardecer. Tira en la basura los restos que él no pudo comer, lava el plato y lo pone a escurrir. Unas carcajadas juguetonas de niños se cuelan por la puerta de atrás, con el golpeteo rítmico de una pelota que patean contra la pared. Recuerda pantalones jardineros de jean, trencitas y unas sandalias sucias, hechas a mano, que alguna vez habían sido blancas. Ajustaba la tira de cuero desgastada en la hebilla, salía volando por la puerta de atrás, aterrizaba de rodillas junto a su madre, que hundía las manos en la tierra tibia para sacar malezas. Las manos de su madre. Las marcas tristes y sucias que dejaban cuando se las limpiaba en los jeans. Alhelíes rosados, brillantes y perfumados, trepaban luminosos contra el muro junto al que él solía pararse, en casa, para llamarlos desde la puerta de atrás, cuando todavía quedaban tantos veranos por venir.

Traducción: Susurros Chinos

Del original *At The Back Door*, de Leanne Simmons, publicado por *Flash Fiction North*.

Grillos

Suzanne Hicks

¿Y si vivieras en Elko, Nevada? ¿Y si este fuera el verano en el que una plaga de grillos mormones invadió la ciudad? ¿Y si se tragaran tu casa, aferrándose a las tablas, oscureciendo las ventanas para que pudieras esconderte? ¿Y si el sonido de su chirrido fuera la razón por la que no puedes dormir de noche? ¿Y si su hedor fuera el motivo por el que te pasas horas con arcadas sobre el inodoro? ¿Y si pudieran abrirse paso por entre las pequeñas grietas e infiltrarse en tu casa? ¿Y si se congregaran en los huecos que él hizo dando puñetazos contra la pared? ¿Y si invadieran su cuarto, arrastrándose por debajo de la puerta que mantienes cerrada? ¿Y si en lugar de alimentarse de sus propios muertos, se comieran su ropa mohosa en el ropero, su camiseta de fútbol? ¿Y si se devoraran su cama, la que dejaste sin tocar, sin hacer? ¿Y si los grillos hubieran llegado el verano anterior? ¿Y si se le hubieran colado por los oídos hasta metérseles en la cabeza? ¿Y si se hubieran alimentado de los pensamientos que lo llevaban a violentarse, a romper en llanto? ¿Y si no hubieran parado hasta que todo lo que le hacía daño desapareciera? ¿Y si, entonces, pudieras por fin dormir sabiendo que él estaría allí por la mañana al despertarte en Elko, Nevada, o en cualquier otro lugar de ese universo?

Traducción: Susurros Chinos
Del original *Crickets*, de Suzanne Hicks, publicado por *Milk Candy Review* en octubre de 2023.

Suzanne Hicks es una escritora estadounidense que vive con esclerosis múltiple. Sus historias se encuentran en *Bending Genres, Milk Candy Review, Atlas and Alice, Maudlin House, New Flash Fiction Review,* entre otras publicaciones. Fue seleccionada para *Best Microfiction* 2024.

Más información en suzannehickswrites.com y en Twitter (X): @iamsuzannehicks.

Lo que guardas

Suzanne Hicks

Durante tu infancia querías ser una estrella de cine y le decías a tu abuela, cuando la visitabas, que tenías que usar jabón Camay porque era el que usaban las estrellas de cine, así que ella te compraba las barritas de jabón, grabadas con la silueta de una dama que pensabas se veía tan glamorosa como Judy Garland, la protagonista de tu película preferida, que cantaba "Somewhere Over the Rainbow" tan divinamente, y querías sonar como ella cuando interpretabas la canción para tu abuela, que al morir dejó una casa llena de años y años de cachivaches y tesoros, y cuando todos estaban hurgando entre sus cosas, reclamando las tazas de té, las joyas, las pinturas, hasta la codiciada lámpara verde, encontraste una vieja barra de jabón Camay escondida detrás del armario de ropa blanca, entre medicamentos vencidos, vendas viejas y sábanas con olor a humedad, y te la metiste en el bolsillo antes de salir a tomar aire fresco al patio y a contemplar los tulipanes que le ayudaste a plantar en el jardín porque todo lo que alguna vez quisiste de ella ya era tuyo.

Traducción: Susurros Chinos

Del original *What You Keep*, de Suzanne Hicks, publicado por *Birch Bark Editing*.

El primer día (1981)

Beth Gordon

El sofá era marrón: en esto podemos estar de acuerdo. No estoy de acuerdo con tus rosas. Tu guitarra era azul. Tan azul como cada cielo electrizante/ado que esperaba ver. Tu guitarra era azul: en esto podemos estar de acuerdo. De acuerdo con que tus labios no eran azules. Rotonda. Intersección. Cascada. En esto no estamos de acuerdo. Me veo como una zarigüeya dormida. Te veo como el acorde que me despierta de mi sueño. Podría decirte que llevo en la memoria cada palabra que dijiste. *Feria. Backgammon.* No estás en la habitación. Tampoco en la lavandería robando monedas para una llamada más. Estábamos allí. Sé lo que llevabas puesto. Pantalón de jean cortado. Camiseta roja de bowling. Converse negras de caña alta. Tu cabello demasiado largo para nuestras madres. ¿Ya lo descifraste? Que esta es una historia de amor. Que esta soy yo olvidándome de todos tus pecados. Que el sofá está hace mucho tiempo roto y enterrado. También las rosas. Que te robé la guitarra cuando me iba.

Traducción: Susurros Chinos

Del original *The First Day (1981)*, de Beth Gordon, publicado por *Switch*.

Beth Gordon es una poeta, madre y abuela que vive en Asheville, North Carolina. Es autora de varios libros, como *The Water Cycle* (Variant Literature), *How to Keep Things Alive* (Split Rock Press) y *Crone* (Louisiana Literature). Se desempeña como directora editorial de *Feral: A Journal of Poetry and*

Art, editora adjunta de *Animal Heart Press* y abuela de *Femme Salve Books*.

Más información en Twitter (X), Instagram y Bluesky: @bethgordonpoet.

El primer día (2010) – después de Marianne Boruch

Beth Gordon

Nos despertamos al día siguiente, y el recuerdo era estar sentados en el piso dentro de la habitación, justo en el umbral de la puerta. Esta fue la primera de muchas sorpresas. Que hacía falta champú fue la segunda. Sí quiero recordar tu piel. El aroma de tu cuello como un campo de tabaco. Delante hay un círculo de árboles. La corteza interna descascarada revela madera blanca. Tan blanca como mis muslos. Tengo la certeza de que había moreras. No me refiero a que estuvieras con las moreras en el umbral de la habitación. Me refiero a que quiero que haya moreras siempre. Delante hay un cuervo que cruza caminando el asfalto negro del estacionamiento. Delante hay un cuervo con un ojo puesto en la nube que flota hacia el este. Nubes sin formas descifrables. Ahora son perros que vuelan o girasoles en flor. El cuervo. Las nubes. Las moreras. El envase de champú vacío. Sin champú y un funeral que espera. Sí recuerdo lo que decía el mensaje. No recuerdo si decías la verdad. Nunca es el par de aros de ámbar. Nunca es el teléfono público dentro de la lavandería. Nunca tuve suficientes monedas. Nos despertamos al día siguiente después del día siguiente, y no estabas lavándote el cabello. Nunca es una ducha o una lista de compras. La puerta de la habitación está siempre abierta. Nos deslizamos entre el adentro o el afuera.

Traducción: Susurros Chinos

Del original *The First Day (2010) – after Marianne Boruch*, de Beth Gordon, publicado por *Switch*.

Interruptor

Aaron Sandberg

La respuesta obvia es poner a funcionar menos electrodomésticos a la vez, pero ella no descarta que la causa sea sobrenatural. Los enciende todos para escuchar el zumbido, el rumor de fondo que la hace sentir menos sola. Pero ahora la mitad de la casa está sin energía, la mitad en la que ella se encuentra, entonces piensa qué debería hacer. Sus pensamientos son mala compañía ahora que él se ha ido.

Baraja todas las formas en que puede ser

acechada mientras su vista se adapta, considera el argumento de los creyentes de que el ojo es demasiado complejo como para no haber sido diseñado. Pero lo que un simple cuerpo necesita es una única célula para percibir las sombras, para saber hacia dónde o desde dónde ir. Ese es todo el contorno que necesita.

Se dirige al sótano, tanteando la pared, guiando sus pasos con la luz del teléfono al bajar la escalera. Se arrodilla frente al tablero como si fuera una especie de santuario, la caja de interruptores conserva los rótulos borrosos escritos en lápiz por antiguos moradores. Hasta aquí llega lo espectral. La reconexión se demora. Piensa que es una forma de plegaria tipear en el teléfono cómo evitar que un interruptor interrumpa la energía. Y quizás tenga razón. ¿Qué más podría ser una plegaria sino recuperar la luz o pedir que no se extinga, en primer lugar?

De a ratos, cree que él simplemente volverá. De a ratos, piensa en dejarlo ir. Espera las respuestas, aunque no hay señal aquí abajo. Estar quieta es una forma de plegaria. Estar en silencio es una forma de plegaria, una súplica para no estar mal sino bien, sin interrupciones, en la oscuridad.

Traducción: Susurros Chinos

Del original *Breaker*, de Aaron Sandberg, publicado por *Lost Balloon* en agosto de 2023.

Aaron Sandberg es un escritor cuyos textos se encuentran o se encontrarán en *Rust & Moth*, *The Offing*, *Asimov's*, *Phoebe*, *Lost Balloon*, *Flash Frog*, *Phantom Kangaroo* y en otras publicaciones. Resultó ganador en *Best Microfiction* (2024) y ha sido nominado para *Pushcart Prize*, *Best of the Net* y *Dwarf Stars*.
Más información en Instagram: @aarondsandberg.

Las mujeres de maridos en el espacio

Aaron Sandberg

Las mujeres de maridos en el espacio se reúnen los domingos para hablar sobre asuntos terrestres. Aparentan ser un grupo de apoyo, aunque no tan en secreto aman el martirio: la sensación de haber sido dejadas en la Tierra por un bien mayor. Aun así, dejadas. Dan pitadas a sus cigarrillos y beben fondos de vino blanco antes del mediodía, orbitando unas en torno a otras por la cocina. Hubo sacrificios por parte de ellas, también. Hay una excitación callada cuando una misión falla, aunque esa no sea la palabra correcta. Complicaciones. Pérdida de comunicación. Sueñan con que sus maridos aborten la misión, salgan eyectados, queden a la deriva en el vacío negro de un grito silencioso. Todo se desmorona. El centro cede. El drama de las noticias de último momento consume el oxígeno de la sala, y ellas telegrafían mensajes de SOS con sus uñas recién pintadas sobre las mesas de fórmica. Oír la frase *se presumen falle-cidos* las hace sentir vivas. La distancia es una urgencia a la que las mujeres se acercan cuando se imaginan llenando los vacíos de sus camas. *Nos van a perder antes de que nosotras los perdamos a ustedes*, las mujeres susurran al televisor, se hacen señas entre ellas, sonríen. Se imaginan obteniendo lo que desean. Las mujeres de maridos en el espacio se preguntan cómo estarán cuando regresen. ¿Catatónicos? ¿Apáticos? ¿Con ganas de hacerlo de nuevo? ¿Infectados con enfermedades alienígenas, biologías de células durmientes esperando para liberarse? O lo peor de todo: ¿iguales? Las mujeres se sientan solas juntas. ¿Siempre han sido así? Extraño, cada una piensa, desdibujando los límites de sus mundos desconocidos, esperando el día en que cada una divague para explorar más. Cuando cada una se escape de la gravedad de la otra. Cuando cada una esté demasiado lejos para ser alcanzada, incluso para desear volver a casa.

Traducción: Susurros Chinos

Del original *The Wives of Husbands in Space*, de Aaron Sandberg, publicado por *Flash Frog* en julio de 2023.

Ecos de niños oxidados

Tatyana Sundeyeva

Cuando llega la guerra, no la escucho. No hay aviones en lo alto; es civil, me dicen después. Corro por el pasto seco con otros niños del patio, paso por estructuras de juego chirriantes, paredes grises como cielo tormentoso y un silo de gas vacío que se oxida en el campo árido. Caigo tomándome el pecho, mi mano cubre una picadura de abeja.

Cuando el hombre en el auto me llama, no voy. No me gusta el chicle. Hago girar la soga con ritmo constante mientras pétalos de acacia caen como nieve a mi alrededor hasta que se va, hasta que es mi turno de saltar al compás de las palmas de los niños.

Cuando nos detiene la multitud que marcha frente a nosotros, no tengo miedo. La mano de mi madre se cierra apretada sobre la mía, pero yo todavía no sé la diferencia entre turba y desfile.

Cuando la lavadora bloquea nuestra puerta desde adentro, no protesto. Me paro encima y disfruto de mi nueva posición, un pirata mirando desde el puesto de vigía.

Cuando los gritos atraviesan nuestra noche, no me despierto. Las ambulancias se quedan sin combustible, pero yo sueño en verde chartreuse y amarillo narciso.

Cuando nos vamos, yo no lloro. Estoy en mi propia aventura dorada en el andén, mientras me asomo por detrás de baúles y maletas y piernas de tías llorosas.

Pero a medida que el tren se aleja, el ritmo constante de los pétalos que caen, el verde chartreuse de las paredes que crujen y el eco de los niños oxidados se van perdiendo en mi mente, nada más pienso en mi caballo amarillo de felpa, que quedó solo en las habitaciones vacías que dejamos atrás.

Traducción: Susurros Chinos

Del original *Echoes of Rusty Children*, de Tatyana Sundeyeva, publicado por *Fractured Lit* en junio de 2023.

Tatyana Sundeyeva es originaria de Kishinev, Moldavia. Es una escritora judía que vive en California. Sus textos han aparecido en *Fractured Literary*, *Cleaver*, *Hadassah* y otras publicaciones.
Más información en tatyanawrites.com.

En cada niña hay un bosque

Jonathan Cardew

En cada bosque hay una cabaña. En cada cabaña hay una estufa. En cada estufa hay una pila de cenizas. En cada pila de cenizas hay un hueso. En cada hueso hay una historia. En cada historia hay un anhelo. En cada anhelo hay un premio. En cada premio hay un costo. En cada costo hay un corte. En cada corte hay un fantasma. En cada fantasma hay un hogar. En cada hogar hay una bruja. En cada bruja hay una niña. En cada niña hay un bosque.

Traducción: Susurros Chinos

Del original *In Every Girl There is a Forest*, de Jonathan Cardew, publicado por *Flash Flood* en junio de 2023.

Jonathan Cardew ganó un cepillo de dientes de viaje en un concurso de bochas en el norte de Brittany. Sus relatos aparecen en *SmokeLong Quarterly*, *wigleaf*, *100 Word Story*, *Superstition Review*, *Cincinnati Review* y han obtenido numerosas reseñas. Su compilación de microficción *A World Beyond Cardboard* está disponible en ELJ Editions.
Más información en jonathancardew.wordpress.com y en Twitter (X): @cardewjcardew.

Hombre de cromo deslucido

Jonathan Cardew

Estábamos todos buscando el sentido de la vida. Mis hermanos y yo. Como eran mayores, me mandaron al sótano a buscarlo.

—¿A qué se parece? —grité hacia arriba.

—Ya verás cuando lo veas —gritaron hacia abajo.

Me zambullí dentro de las cajas y hurgué en las estanterías tambaleantes. Me detuve cuando encontré el viejo trofeo de bádminton de papá, un hombre de cromo deslucido en pleno saque.

Él nunca había vuelto a buscarlo.

Arriba mis hermanos jugaban al Mortal Kombat en la PlayStation. Comían Cheetos, de los más picantes. Eran unos buenos para nada, decía siempre mi mamá, como el padre.

—¡Hey! —dije, quitándole el bol con Cheetos a mi hermano mayor.

Me metí unos cuantos en la boca, quería llorar.

Mis hermanos miraban la pantalla sin verme delante. Johnny Cage iba ganando. Por paliza.

Afuera, mamá estaba paleando nieve. Era pleno invierno. Los montículos se alzaban contra la casa como pistas de esquí en miniatura. El sol se había puesto, derramando un color rosado en las nubes. Siempre me pregunté cómo hacían las nubes para volver a la normalidad, cómo se ponían blancas de nuevo.

Le di el trofeo a mamá.

Cayó de rodillas, un leve impacto en la nieve.

Traducción: Susurros Chinos

Del original *Faded Chrome Man*, de Jonathan Cardew, publicado por *Flash Frog* en agosto de 2021.

Conspiración durante el matrimonio

Judith Lysaker

Sospecho que nuestras moléculas intercambian confidencias durante la noche. Están confabuladas, quiero decir que se niegan a respetar el límite natural de la piel y, en cambio, aprovechan su permeabilidad; átomos que van de aquí para allá.

A veces me preocupa pensar que estoy bajo una constante reorganización, impuesta por el movimiento secreto de las moléculas, empecinadas en hacer algo de nosotros, completar nuestros sentidos y forjar la forma subatómica de la ternura bajo las sábanas.

Traducción: Susurros Chinos

Del original *Conspiracy During Marriage*, de Judith Lysaker, publicado por *Flash Flood* en junio de 2023.

Judith Lysaker es una autora emergente de escritos cortos. Sus textos, que abordan breves momentos de experiencia relacional, inspirados tanto en su vida personal como académica, han aparecido en *Gone Lawn, *82* y en *National FlashFlood Day* en 2023. Vive en Indiana con su perro, un brillante pastor alemán que es amante de las verduras.
Más información en jlysaker.writer@gmail.com.

Antes

Amy Marques

El matrimonio llegó a su fin antes de que él notara cómo se veía ella cuando empezaba a asomarle el blanco en las raíces del pelo. Llegó a su fin antes de que los pesares de la pareja se grabaran en su rostro de mujer y la alegría compartida le dejara marcas en las comisuras de los ojos. Antes de que los nietos gatearan hasta sus regazos para escuchar de la vez en que su padre, siendo niño, atrapó el pez más grande. Incluso antes de que el hijo que nunca concibieron le creciera en el vientre, llenándola con el tipo de esperanza que se estira y se acurruca en los sueños compartidos.

El matrimonio terminó antes de que ella bailara en Nueva York, San Francisco, San Pablo, Londres, Tokio. Terminó antes de que él comprara aquella cabañita en el bosque donde, sentados en el porche con tazas de café humeante, miraran la salida del sol entre las montañas. Antes de que hicieran las excursiones por El Calafate, en silencio cuando la senda se empinaba, recordando ofrecer la mano en trechos irregulares. Incluso antes de que nadaran en las asombrosas profundidades en Fernando de Noronha, rodeados de peces que les hacían cosquillas y ungidos por el cálido sol que sonreía ante su deleite.

El matrimonio se rompió antes de que dejaran de hablar sobre las quejas sin importancia que a ella de a poco le pellizcaban los labios hasta ya no poder mantenerse cerrados frente a las palabras que nunca decía. Se rompió antes de que él comenzara a predecir la cara que ella pondría cuando él se olvidara, una vez más, de bajar la tapa del inodoro y de sacar la basura y de buscar otro rollo de papel higiénico. Antes de que ella comprara el jabón de aroma extraño y dejara huellas de enjuague bucal en el lavatorio, además de gotas de pasta salpicadas en el espejo del baño. Incluso antes de que él supiera que ella no usaba hilo dental, y rara vez le agradeciera cuando él le señalaba que tenía algo verde en el diente, no, del otro lado, sí, ahí, ya salió.

El matrimonio se acabó antes de que él supiera cómo ella prefería su té y si necesitaba estar acompañada o sola cuando le dolía la cabeza y su cuerpo le imploraba un descanso. Se había acabado antes de que ella encontrara el punto en la sien donde le pasaría los dedos calando su pelo con suavidad para calmar los ánimos del día. Antes de que supieran cómo encajaban sus cuerpos cuando ella se anidaba en la curva de su abrazo, las piernas enredadas, la respiración suave de él que le llegaba al oído mientras volvían a dormirse. Incluso antes de que él notara cómo ella contenía el aire en silencio antes de que se le endulzara el rostro al escucharle decir que la amaba, que siempre la amaría.

El matrimonio se derrumbó antes de que él memorizara cómo ella inclinaba la cabeza mientras oía sus ideas o la forma en que se le arrugaba la nariz cuando reía. Se derrumbó antes de que él trazara la silueta de su cuerpo y sintiera cada línea grabada en su alma, incluso los cambios y las transformaciones fruto del paso del tiempo. Se derrumbó antes de que él conociera sus ritmos y observara, maravillado, sus movimientos flexibles, ágiles e impregnados de una gracia inefable. Incluso antes de que él la atrapara a medio giro e inhalara su jadeo de placer al atraerla hacia su cuerpo. Antes de que alguna vez él le dijera que era hermosa.

El matrimonio estaba perdido incluso antes de que él la conociera, antes de que él notara la bondad en sus ojos, o la sonrisa delineada con el mismo tono de un vestido rojo que lo hubiera cautivado desde el otro lado de la sala. Perdido antes de que él la tomara de la mano o le preguntara el nombre y escuchara la voz que habría hechizado sus ensueños. Antes de que él tuviera edad suficiente para saber que, aunque la belleza de los zapatos de baile puede reflejar la dedicación de la tanguera —una especie de promesa—, la vida rara vez sigue las reglas del tango.

El matrimonio estaba condenado a nunca existir porque la mujer que podría haber sido su alma gemela tenía un gusto deplorable para los zapatos y, para él, eso era una diferencia irreconciliable.

Traducción: Susurros Chinos

Del original *Before*, de Amy Marques, publicado por *L'Esprit Literary Review* en abril de 2023.

Amy Marques es conocida por entablar amistad con los libros y por tratarse por el nombre de pila con muchos personajes de ficción. Su obra ha sido nominada varias veces al *Pushcart Prize*, así como también al *Best of the Net* y al *Best Small Fictions*. Ha publicado arte visual, poesía y prosa en revistas como *Streetcake Magazine*, *South Florida Poetry Journal*, *Fictive Dream*, *Bending Genres*, *Ghost Parachute*, *Chicago Quarterly Review* y *Gone Lawn*. Es la editora y artista visual de la antología *Duets* y la autora de un libro de poesía revelada que será publicado en 2024 por *Full Mood Publishing*.

Más información en amybookwhisperer.wordpress.com.

Confesiones sin aliento

Amy Marques

Hoy vi a un hombre caerse, aunque creo que no se cayó solo sino que se tropezó luego de que alguien que caminaba demasiado rápido lo chocara aunque quizás el peatón tuvo la intención de empujarlo pero trato de no pensar en esas cosas porque no soy un héroe sino una sombra que merodea en el parque, sin burlarse, sin empujar, sin reírse, sin aliarse a los bravucones pero que se esfuerza por no hacer nada y se queda sin habla y no logra reaccionar cuando deja que las víctimas enfrenten sus miedos solas o, aún peor, el mediador que sostiene la mano de una presa mientras tranquiliza a sus captores diciéndoles que no están del todo errados solo quizás algo mal informados y no hay razón para agitar las aguas porque quizás las cosas se puedan modificar sin tanto cambio o esfuerzo porque quién no quiere grandes alabanzas y galardones cuando transita por el camino fácil y toma decisiones sin pensar en las consecuencias futuras o en la necesidad de agacharse para levantar a los caídos de la mugre de su existencia cuando es mucho más fácil darse vuelta para mirar el cielo azul y mantenerse limpio impoluto y pasar frente al hombre que se cayó mientras me digo que es probable que él ya estuviera familiarizado con el suelo y tal vez hasta pudiera sentirse como en casa tirado en la vereda y no querría mi ayuda de todas formas porque yo no lo entendería y no tendría nada para darle excepto todas las cosas que él no tuvo y yo di por sentado, así que podría sonreírle al sol que brilla sobre mi cara sabiendo que está bien no detenerme a ayudar porque no soy un héroe.

Traducción: Susurros Chinos

Del original *Breathless Confessions*, de Amy Marques, publicado por *Flash Boulevard* en agosto de 2022.

Todo se ve mejor por la mañana

Amy Marques

Gracias a Dios que Sebastián, el viejo gruñón que solía sentarse en el tercer sillón del segundo piso, había dejado en claro antes de fallecer que su donación a la biblioteca quedaba condicionada a la instalación de un aire acondicionado potente. Hacía ya tres años que había partido, pero lo recordaban a menudo y con cariño. Su legado era mucho más refrescante de lo que alguna vez había sido su presencia.

Pero Sarah, la bibliotecaria principal, sabía que no todos apreciaban las contribuciones de Sebastián.

Los problemas comenzaron después de la hora de cierre, cuando los tres cerditos se quejaron de que uno de los conductos apuntaba a su estante y, cada vez que largaba aire, los soplidos y resoplidos del lobo se magnificaban y desbarataban su historia, porque su primera bocanada arrasaba como un tornado con todas las casas de una sola vez. *Queremos recuperar nuestra narrativa,* decían, tomando prestado el lenguaje y las mantas antiestrés del sector de autoayuda.

Sarah sugirió que los cerditos se mudaran a otro estante, pero el hermano mayor se envolvió con una enorme bufanda a cuadros y dijo *No podríamos, de buena fe, mudarnos y someter a alguien más a las mismas condiciones destructivas.* Propuso recaudar fondos para colocar una mampara que protegiera su lado del estante. Antes de que Sarah pudiera pensar en una respuesta, los esquimales y los osos polares de la sección de no ficción rogaron intercambiar lugares, porque ya hacía décadas que les preocupaba el derretimiento de los glaciares y esta era su oportunidad para que las cosas volvieran a ser como antes.

Se desató el caos. Las selvas tropicales se desbordaron de sus estantes y se escondieron detrás de las cadenas montañosas próximas a los libros para la playa. Mamá Osa dijo que los platos de avena se servirían fríos hasta próximo aviso, y Ricitos de Oro le rogó a Blancanieves que le permitiera usar su viejo ataúd de cristal como cama solar, porque ella y Alicia estaban cansadas de tiritar con sus manguitas cortas abullonadas. Pero cuando la sección de filosofía comenzó a discutir con la de meteorología sobre si el clima seguía siendo clima o dejaba de serlo al intervenir el ser humano, se llegó al clímax de los problemas. Cada una de sus palabras arrojaban nubes de polvo que quedaban suspendidas en el aire y distorsionaban la luz en un tono espeluznante que invitaba a los monstruos a salir a jugar.

Se necesitó a todos los veteranos del sector militar y la previsión de Humpty Dumpty para escoltar a Sarah a salvo afuera de la biblioteca. Cerró la puerta principal como siempre lo hacía al final de la jornada y apagó el interruptor del tablero de electricidad como nunca antes lo había hecho. Luego, con su mejor caligrafía de bibliotecaria oficiosa escribió: AIRE ACONDICIONADO FUERA DE SERVICIO en el reverso de un volante que anunciaba la función del mago local para el jueves siguiente.

Dejaría que los libros se las arreglaran solos esa noche.

Todo se ve mejor por la mañana.

Traducción: Susurros Chinos

Del original *Better in the Morning*, de Amy Marques, publicado por *Duck Duck Mongoose Magazine*.

www.ingramcontent.com/pod-product-compliance
Lightning Source LLC
LaVergne TN
LVHW020936200726

843506LV00011B/2024